아흔 이후 Ⅲ

아흔 이후 Ⅲ

—

초판 1쇄 2024년 2월 20일
지은이 박종대
펴낸이 김영재
펴낸곳 책만드는집

—

주소 서울 마포구 양화로3길 99, 4층 (04022)
전화 3142-1585·6
팩스 336-8908
전자우편 chaekjip@naver.com
출판등록 1994년 1월 13일 제10-927호
ⓒ 박종대, 2024

—

* 이 책의 판권은 저작권자와 책만드는집에 있습니다.
  이 책 내용의 전부 또는 일부를 재사용하려면 양측의 동의를 받아야 합니다.
* 잘못 만들어진 책은 구입하신 서점에서 바꾸어 드립니다.

—

ISBN 978-89-7944-862-7 (03810)

아흔
이후
III

박종대 시조집

책만드는집

생각지 않았던
아흔
어찌 보낼까
시작해 본 것이
벌써 『Ⅲ』
늙은이의
푸념이나 넋두리로
엉성하면서
효자 노릇은
하고 있다.
다음 『Ⅳ』는
어찌 될는지.

『Ⅰ』『Ⅱ』에서처럼
뒤쪽 작품을 손잡아 주도록
기존의 작품 몇 편을 앞쪽에 실었다.

박종대

| 차례 |

앞쪽

뒤쪽

앞쪽

연행 連行

저 숱한 사람들이
겁나네
한 뭉텅이로

끌고 가는 이는
어디 있고 어디 계시고

서로들
끌고 끌려가는가

저런 저런!
그 그렇지

복판이라 때린 것이

복판이라 때린 것이
변죽만을 더듬었네

변죽이 복판 되는
그런 날도 있다지만

복판은
저승에 가서나
진짜 한번 쳐 볼라

연못가에서

넓죽한 잎 펼쳐 놓고
어서 오게 하시는데

연꽃 말씀 받아 오실
그런 분 안 계신가

저 위에
사뿐
올라앉을
이슬방울 같은 사람

호흡呼吸이

내쉬고 들이쉬고
또 내쉬고 들이쉬고

호呼했다
흡吸했다
호呼했다
흡吸했다

몰랐지
그러기를 자그마치
그래그래 알았어

나무 아래 누우면

그냥 보는 하늘보다
그냥 보는 구름보다

나뭇가지 사이사이로
보는 하늘 보는 구름

좋거니
이 가지 저 가지
이약 이약 들으며

뒤쪽

외로우시다니요

우리는 어쩌시구요
바로 옆에 있는 우리

저 책들 책상 의자
화분 시계 식탁 침대 등

그래요
실컷 외로워하세요
우리 기다릴게요

빨래 너는 저 여인

빨랫줄이 반기는가
새하얀 저 빨래를

볕이 기다렸었나
빨래가 나오기를

저 여인
가슴팍에도 볕이
환하시네 얼굴이

아흔 줄의 헌장

들어야 할 것이라면
귀를 쫑긋 정확히 듣고

말해야 할 것이라면
천천히 정확히 말하고

모든 걸
조심해야 하고
신중해야 합니다

정상 이상

요새 가끔 좀 이상해
좀이 아니고 아주 많이

생각하는 것부터
이것저것 하는 짓까지

이런 게
아흔 줄의 정상인가
좀 더 지내보자구

눈물이

잔뜩 울고 싶을 때는
기척도 없으면서

혼밥 깨질깨질 다 먹고
입 훔치고 코 훔치고 나면

눈물이
웬 눈물이 글썽
자네라도 고마워

산다는 것이

좋고 또 좋아서
이리 뛰고 저리 뛰고

그러면서도
가끔
헤밍웨이를 생각한다

어째서
그리했을까
어떤 것인데 그것이

나와 나

나 혼자 살면서도
혼자가 아니거든요

내 한 몸에 〈나〉하고 〈나〉
둘이 같이 살아가면서

서로가
그래그래
안 돼 안 돼
잡아 주고 밀어 주고

메모 상자

괜찮겠다 싶어서
메모해 넣어 놨거든

꽤 많구나 어디 보자
이놈 저놈 살피는데

얘들이
저요 저요 손을 든다
미안 미안 내가 아직

그러면 그렇지

왔구나
나에게도
이렇게 기발한 글귀가

바로
메모를 하려는데
곧장
펜을 들었는데

어디야
얘가 잘못 왔나?
이 내가 착각을?

어른

어른이라 어르신이라
이 나도 어른인데

어른 말을 잘 들으면
자다가도 떡 생긴다는데

어쩌다
한 발 물러선
한 발 두 발 밀려난

아흔 줄의 말하기

몸만 늙는 게 아니구요
말도 같이 늙는다구요

얼른 말은 해야겠는데
얼른 생각이 안 나거든요

찬찬히
좀 늦어도 좋으니
한 단어라도 똑똑히

도움

내가 다른 분들한테서
도움을 받은 것은

세상 살아오는 동안
거 참 많고 많았는데

그 내가
도움을 베푼 것은
허허
하늘만큼 땅만큼

좌선

외롭고 쓸쓸해선가
어쩔 수 없을 때는

절로 나도 모르게
좌선을 하게 된다

좌선이
뭔지도 모르면서
할 줄도 모르면서

안 잊었지 그거

뭐더라?
내 차 애차愛車
그 이름하고 번호

뭐더라 가만 있자
○ ○ ○ ○ ○ ○ ○

그렇지
아직 짱짱하시구면
축하 축하합니다

연장의 연장

인간이 연장을
만드는 동물인가

저기 저 그 연장
하는 짓 좀 보세요

자기를
만들어 놓은
인간을 제 연장으로

돌아다보면

그런저런
그 숱한
희비애락 그중에서도

험난했던 것들이
한순간이 되어

오늘을
가까이서 다독다독
감싸 주고 받쳐 주고

좋고 좋아도

좋고 좋아서
좋아라 하고는 있지만

늘 이러고만 있기가
어디 쉬운 일인가

아무리
좋기로서니
먹고 잘 수 있어야지

한 삶

한잠 푹 자고 나니
참 이상도 하지

푹 자고 난 그 한잠이
꼭 지난 내 한 삶이라

이 양반
한 삶이 한잠이라니
재미있으시네요

줄타기

저 구경하는 사람들
저기 저 줄타기한다

아이쿠 저런 저런
옳지 옳지 그렇지

우리가 살아가는 게
꼭 저 줄타기 같다지

기억 풍년

어디들 있다가
이렇게 한꺼번에

기다렸다는 듯이
여기저기서 불쑥불쑥

좋구나
달라지는구나
내 눈이 내 생각이

나이는 숫자라고

그래서 요즈음도
부산하시구면요

어어 다치신다구요
천천히 천천히요

나이를 잘못 먹지 말고
나잇값을 하자구요

아비의 잘못을

허허 세상에 세상에
이럴 수가 이럴 수가

네가 이 아비 잘못을
어찌 알아차리구서

갔구나
아비 잘못 짊어지고
내가 너를 보냈구나

빈 화분

흙만 있는 빈 화분을
왜 이리 모셔 놨을까

온갖 정성 다해서
그 꽃을 피워 냈던

어쩌면
꼭 지금의 나 같기도
좀 두고 보는 거지

공상

그렇게 하고 싶었던
그걸 하지를 못하고

이리저리 굴리다가
그만두고 말면

공상이
공공상상으로
거뜬히 해낸다구요

자연은

인간을 낳으신 자연은
어디서 뭘 하고 계실까

지금의 이 우리를
어찌 보고 계실까

분명히
좀 더 생각해 볼걸
후회하고 계시지 않을까

가을비

추적추적 추적추적
가슴속 깊이까지

이런 일 저런 일
희로애락 다 있었지

그렇지
다 부려 놓고
정중히 깃을 여미고

우리 어무니

내 어무니 우리 어무니
내 딸 우리 딸

〈내〉하고 〈우리〉의 쓰임이
경우에 따라 다르겠지만

그래도
〈우리〉가 좋다
울 어무니 울 엄마

꿈에

살아온 지금 이 자리
이 발판을 새 발판으로

더 높이 더 깊이 더 널리
저 저기

아스라 보일락 말락
어어
바로 여기야

해설

원숙한 삶의 철학과 농익은 깨우침의 메시지

김석철 시조시인

1. 액티브 시니어 시조시인

박종대 시인은 올해로 연치 아흔셋의 액티브 시니어 시조시인이시다. 갑진년 신년 벽두에 시조집『아흔 이후 Ⅱ』를 상재하시더니 바로 이어서 열세 번째 시조집『아흔 이후 Ⅲ』의 출간 예정 원고를 보내왔다. 그야말로 노익장의 그 건필이 부럽기도 하거니와 존경스럽기만 하다. 불과 1년 전에 출간한 시조집『아흔 이후 Ⅰ』에서는 '순수 서정으로 빛나는 청정무구의 시조 미학'을 읽을 수 있었고, 올해 초의『아흔 이후 Ⅱ』에서는 '차원이 다른 밀도 높은 개성적 시조 미학'을 감상했는데, 이번『아흔 이후 Ⅲ』의 원고에서는 '원숙한 삶의 철학과 농익은 깨우침의 메시지'를 감상하게 되었다. 박 시인의 시 세계는 이전에도 언급한 바가 있지만 여느 시인과는 차원이 다른 새로운 시조의 보법으로, 밀도 높은 개성적 시조 미학을 보이는 특성이 있다. 일상적 체험에서 심미적 감각이 두드러지며, 특히 간결한 단시조엔 오랜 연륜이 녹아 있는 원숙한 삶의 철학이 담겨 있는가 하면, 농익은 깨우침의 경지에서 행간에 많은 의미를 숨겨두는 은유의 묘미를 잘 살리고 있는 것이다. 하루가 다르게 새로운 시 세계를 열어가시는 박 시인의 비밀 코드가 궁금증을 더해가고 있다.

2. 통찰이 번뜩이는 작품

주지하는 바와 같이 중국엔 그 나라의 전통시 한시가 있고 일본에는 하이쿠가 있듯이 우리에겐 시조가 있다. 시조란, 우리 민족 고유의 전통시(겨레시, 우리시, 민족시, 한국시)를 일컫는다. 시는 시조가 아니지만 시조는 시다. 시인은 흔히 고정관념을 탈피하는 언어 연금술사라고 일컫는다. 시인의 눈은 있는 그대로를 보는 것이 아니라 거꾸로도 보고 꿰뚫어도 보아야 한다고 말한다. 직관력에 따라 실상이 허상이 되기도 하고, 허상이 실상이 되기도 한다는 것이다.

박 시인은 간결한 시 형식에 삶의 통찰이 번뜩이는 발화로 연륜과 혜안의 원숙한 삶의 철학을 담아내고 있다.

복판이라 때린 것이
변죽만을 더듬었네

변죽이 복판 되는
그런 날도 있다지만

복판은
저승에 가서나
진짜 한번 쳐 볼라
 ─「복판이라 때린 것이」 전문

시조의 정형을 준수하며 운율감을 잘 살려내고 있다. 짧은 형식 안에 시상을 포착하고 표현하는 방식이 사뭇 남다르다. 시적 은유의 묘미가 그 진가를 발휘하고 있다.

개인적인 체험에서 예술적인 체험으로 재구성하여 내용과 형식이 조화를 잘 이루고 있다. 참으로 시조 형식에 정직하면서도 감정에 맞게 자연스러운 표현으로 빛내고 있는 현대시조다.

'복판'은 사물의 한가운데 즉 중심을 뜻하는 말이며, '변죽'

은 '그릇이나 과녁 따위의 가장자리'를 뜻하는 말이다. 그런데 복판을 친다는 것이 그만 변죽만을 울리고 말았다는 것이다. 농악에서도 '복판치기'라는 말이 있다. 이는 '부포를 곧게 위로 세웠다가 가장 중심으로 이내 꺾어 내리는 동작'인데, 북이든 징이든 정확한 복판치기를 해야만 제대로의 음(소리)이 맞는다고 하니, 여기서의 '복판'은 활이나 총 따위를 쏠 때 목표로 삼으려고 만들어놓은 과녁이나 마찬가지의 의미라고 보아도 무방할 것이다. 또 "변죽이 복판 되는/ 그런 날도 있다지만// 복판은/ 저승에 가서나/ 진짜 한번 쳐 볼라"에선 이승에선 못 이룬 꿈 저승에서라도 이루고 싶다는 의지가 발현되고 있다. 우선 화자의 순리에 따르는 긍정의 사고방식이 참신하다. 전체적으로 스스로의 감정을 잘 통솔하여 정서적 질서화를 기하고 있어 그 의미가 울림을 주고 있다.

넓죽한 잎 펼쳐 놓고
어서 오게 하시는데

연꽃 말씀 받아 오실
그런 분 안 계신가

저 위에

사뿐

올라앉을

이슬방울 같은 사람

　―「연못가에서」전문

　우리가 알고 있는 바와 같이 연꽃은 수련과에 속하며 연못에
서 자라는 식물인데 뿌리가 옆으로 길게 뻗으며 원주형이고 특
히 넓죽한 잎이 물에 더 있는 모양새다. 연꽃은 더러운 연못에
서 깨끗한 꽃을 피운다 하여 선비들로부터 사랑을 받아왔다.
또한 불교에서는 연꽃이 속세의 더러움 속에서 피되 더러움에
물들지 않는 청정함을 상징한다고 하여 극락세계를 상징하는
꽃으로 쓰이고 있다. 화자는 연못가에 앉아 선비적인 상상의
나래를 펼치고 있다.

　행간에 여백의 미를 감추고 간결하게 압축된 단수에서 그야
말로 응시와 관조의 내밀한 심성도 드러난다. 그 품이 단시조
의 맛과 멋을 담고 있다. 특히 중장에선 설의법의 표현으로 비
유의 가락을 드리우고 그 의미의 내포성을 깊게 하여 시적 미
감을 잘 살리고 있다. 또 종장의 결미를 명사로 산뜻하게 종결
함으로써 간결성과 함께 생략의 묘미를 드러내고 있다. 특히
종장의 "저 위에/ 사뿐/ 올라앉을/ 이슬방울 같은 사람"에 적용
된 수사법과 함유된 그 의미는 이 작품의 품격을 한껏 높여주

고 있으니, 화자가 찾고 있는 그런 사람은 그야말로 성품과 행
실이 맑고 깨끗하며 아무런 허물이 없는 선비가 아니겠는가.

왔구나
나에게도
이렇게 기발한 글귀가

바로
메모를 하려는데
곧장
펜을 들었는데

어디야
얘가 잘못 왔나?
이 내가 착각을?
　-「그러면 그렇지」전문

이 작품은 제목부터 호기심을 유발하고 있다. '그러면 그렇
지'. 무어가 그렇다는 것일까? 작품의 제목은 사람의 이름이나
얼굴과 같이 중요하다. 제목의 좋고 나쁨에 따라 작품이 눈길
을 끌기도 하고 그러지 못할 수도 있다. 시조의 제목 붙이기는

이처럼 대상의 직접 제시를 피하고 비유나 상징으로 처리함으로써 독자에게 시적 상상력을 기대하게 하면 보다 효과적인 방법이 된다.

초장에서 과감하게 도치법 영탄법 표현으로 시상을 열고 있으며, 각 장마다 첫 음보를 제시어처럼 한 행으로 내세워 산뜻한 시각적 효과와 함께 강조의 의미도 복합적으로 부각하고 있음이 특이하다.

지나치기 쉬운 일상의 체험에서 새로운 의미를 발견하는 시의 마음을 지녔다. 이 작품은 의인화의 표현 기교가 능숙하게 느껴지며, 리듬을 살린 언어의 구사와 간결한 표현으로 절제미를 잘 살려내고 있다.

박 시인이 나이가 들어서도 이렇게 "기발한 글귀"를 찾아 공감하고 메모하며 살아간다는 것은 긍정 마인드이며 미래 지향적 삶의 태도라고 할 것이다.

그런저런
그 숱한
희비애락 그중에서도

험난했던 것들이
한순간이 되어

오늘을

가까이서 다독다독

감싸 주고 받쳐 주고

  －「돌아다보면」 전문

자아 성찰의 생활철학으로 긍정심을 추구하는 겸허한 삶의 자세를 읽을 수 있다. 쉽게 읽히면서도 무게감을 느끼게 하는 작품이다. 순차적 구성으로 안정된 시상을 보여주고 있다. 물같이 빠르게 흐르는 게 인생이 아니던가. 인생무상을 떠오르게 한다.

신변적 상황을 상징적, 우회적으로 표출하여 격조 높은 서정으로 갈무리하고 있으며, 1인칭 주관자 시점으로 테마가 뚜렷하게 드러나고 있는 작품이다. 박 시인은 나름의 어법과 긍정적 사고방식으로 안정적 형식 운용을 꾀하고 있으며, 어떤 특별한 수사나 기교를 부리지 않으면서도 은근히 독자의 공감력을 불러일으키는 매력이 있다. 맑은 마음, 밝은 시심으로 새로움을 찾고 미래를 열어가는 창조적 시조시인이다.

흐르는 세월에 대한 덧없음과 진정한 삶의 의미를 되새겨 보게 된다.

시조의 단아함은 이렇게 고도의 절제와 압축미를 필요로 하며 행간에 여백을 두어 암시성을 지니고 있는 것이다. 문장을 간결하게 하여 행간의 숨은 뜻을 독자가 파악하게 하는 수법을 쓰고 있다. 삶의 연륜이 묻어나는 작품이다.

저 구경하는 사람들
저기 저 줄타기한다

아이쿠 저런 저런
옳지 옳지 그렇지

우리가 살아가는 게
꼭 저 줄타기 같다지
　　　　　　　－「줄타기」 전문

우리는 서커스에서 줄타기하는 광경을 가끔씩 보게 된다. 아슬아슬한 장면이 연출되면 간담이 서늘할 때도 있다. 위험스레 느껴지는 공중 곡예를 우리의 삶에 비유하고 있다.

박 시인은 이렇게 뜨거운 시혼으로 인생 황혼을 채색하고 있는 것이라고 짐작해 본다. 함께 실은 다른 작품들에서도 그 시심과 역량을 그렇게 가늠할 수 있다.

육체의 눈이 아니라 마음의 눈으로 대상을 바라보며 사유하는 경지에서 깊은 상상력의 원숙미를 내보이고 있다. 흐르는 세월에 대한 덧없음과 진정한 삶의 의미를 되새겨 보게 된다. 바탕엔 긍정적 삶의 철학이 담겨 있기도 하다. 요즘 세태를 반영하는 단수에 담긴 깊은 의미를 곱씹어 봐야 할 일이다.

체험된 인식들이 미학적 이미지로 승화되고 있다. 현실을 반영하는 참신한 착상의 작품이다. 삶을 바라보는 깊이와 시적 사유가 하모니를 이루고 있다. 삶은 누구에게 있어서나 그리 녹록지 않다. 우리의 일상은 희로애락의 연속인 것이다.

「줄타기」에서는 평범한 소재에서 시상을 열어서 전개하는 그 품이 여느 시인과는 사뭇 다르다. 초·중·종장이 각각 독자적인 의미 체계를 지니면서도 실은 주제를 향한 연계 고리를 형성하며 응집력을 보이고 있다.

3. 노경의 인생철학

시조는 신비와 영감의 샘이며 시의 이상적인 극치가 아닌가. 시조의 매력을 어이 다 말할 수 있으랴. 정형의 미학에 담긴 간결과 함축, 내포와 암시, 은유와 깨우침, 활력과 긴장 등등으로 삶의 긍정적 유토피아를 열어 보이는 시조! 시조야말로 우리 민족의 혼이 담긴 정형률이면서도 그 내용만은 시인의 개성에 따라 얼마든지 재창조될 수 있는 '인간율'이라고 했던가. 글은 언어를 통한 마음의 표현이라고 했다. 모든 예술 작품은 개성적으로 창조하는 게 그 생명이라고 할 수 있기에 시조 또한 그에서 벗어날 수는 없다.

박 시인은 아흔을 넘기면서 시조 창작에 더욱 가열한 열정을 보이면서, 노경의 인생철학이 담긴 농익은 깨우침의 새로운 시 세계를 펼치고 있다. 어쩌면 경구적인, 어쩌면 잠언적인 작품에서 독자들은 삶의 교훈을 배우게 된다.

　　들어야 할 것이라면
　　귀를 쫑긋 정확히 듣고

　　말해야 할 것이라면
　　천천히 정확히 말하고

　　모든 걸
　　조심해야 하고
　　신중해야 합니다
　　　-「아흔 줄의 헌장」전문

제목이 '아흔 줄의 헌장'이다. '헌장'은 '어떠한 사실에 대하여 이상으로서 규정한 원칙을 선언한 규범'을 말한다. 실제 '아흔 줄의 헌장'을 제정하여 시행하고 있는 나라는 이 지구상에 없는 것으로 알고 있지만, 세계에서 유일하게 박 시인은 인생 90대에 지켜야 할 소박한 헌장을 내걸고 있는 것이다. 삶에 대한 새로운 성찰과 깨달음을 주는 간결한 헌장의 적나라한 표현에서 진솔한 설득력과 만나게 된다. 특히 "모든 걸/ 조심해야 하고/ 신중해야 합니다"라는 종장의 높임말 구어체 대화법 표현은 강조와 변화의 효과를 거두면서 잠언적 메시지를 보내주고 있다. 또 이 종장에선 초·중장의 시상을 이어받아 요약과 완결의 묘미를 만나볼 수 있다. 박 시인의 겸허하면서도 소박한 경구가 마냥 귀하게만 여겨진다. 연륜이 묻어나는 이 잠언성의 교훈적인 작품에 더 이상 무슨 사족이 필요하겠는가.

박 시인은 현란한 기교를 앞세우지 않고 삶을 진솔하게 응시하면서 다양한 관심과 애정 어린 시선으로 감성의 꽃을 피우고 있다. 세월에 단련된 삶에의 묘미를 찾아 자유롭고도 즐겁게 여유를 누려가는 액티브 시니어 시인의 긍정적 시심이 부럽고도 존경스럽다.

어른이라 어르신이라
이 나도 어른인데

어른 말을 잘 들으면

자다가도 떡 생긴다는데

어쩌다

한 발 물러선

한 발 두 발 밀려난

　－「어른」전문

　'어른'은 '다 자란 사람'의 뜻이고, '어르신'은 '남의 아버지를 높여서 이르는 말'이라고 한다. 아무튼 어른이나 어르신은 사회적 존경을 받을 만한 분들이다. 한데 언론 매체의 보도를 보면 요즘의 세태는 예전과는 많이 달라졌음을 직감할 수가 있다. 우리나라는 예부터 동방예의지국이라 해서 예의가 밝고 윗사람을 잘 모시는 미풍양속의 나라였다. 화자가 종장에서 "어쩌다/ 한 발 물러선/ 한 발 두 발 밀려난"이라고 했듯이 이제 어르신들은 점점 뒤로 밀려나는 추세다. 종장에서 "어쩌다"로 시상의 반전을 꾀하였고 나머지 음보에서 고도의 생략법으로 요즘의 시대상을 함축하고 있다.

한잠 푹 자고 나니

참 이상도 하지

푹 자고 난 그 한잠이
꼭 지난 내 한 삶이라

이 양반
한 삶이 한잠이라니
재미있으시네요
　—「한 삶」전문

　언제나 무엇이든 마음을 열고 너그럽게 보면 모든 것이 새롭
게 보이기 마련이다. 열린 마음은 사랑의 마음이며 긍정의 새
로운 마음이다. 그래서 긍정적 사고방식은 낙관적 삶을 예약한
다고 했다. 시적 깊이가 은근하게 안으로 내재되어 있어 여운
이 길게 느껴진다.

　화자는 초장에서 "한잠 푹 자고 나니/ 참 이상도 하지"라고
했다. 복잡한 일상을 잊고 한잠 푹 자고 나서는 종전에 지녔던
생각이 바뀐 사실을 인지한다. 참 이상도 하다는 것이다. 수면
은 휴식이며 여유의 시간이다. 중장에선 "푹 자고 난 그 한잠
이/ 꼭 지난 내 한 삶이라"는 발화다. 그렇게 인생은 짧고 덧없
는 세월이라고 말하고 있으니, 모든 게 생각하기 나름일 수밖
에 없다.

종장에서는 "이 양반/ 한 삶이 한잠이라니/ 재미있으시네요"라고 말한다. 초장과 중장에선 스스로의 독백이었는데 종장에서는 3인칭 관찰자 시점에서의 대화 방식으로 유머러스하게 종결하고 있다. 결국 "한 삶이 한잠"이라는 말은 어르신의 시적인 판단이며 긍정의 새로운 마음이다.

　　내 어무니 우리 어무니
　　내 딸 우리 딸

　　〈내〉하고 〈우리〉의 쓰임이
　　경우에 따라 다르겠지만

　　그래도
　　〈우리〉가 좋다
　　울 어무니 울 엄마
　　　　－「우리 어무니」 전문

'어무니'는 '어머니'의 방언이다. 사실 표준말보다 방언이 오히려 친밀감을 주며 정감 있게 들린다. '어무니'라는 말에는 인간다운 품성이 깃들어 있다. 인간다운 인간이 되고자 하는 상징성을 내포하고 있다고 할 것이다. 시는 철학과 통하는 경지

라고 했던가. 사유의 깊이가 느껴지는 이 단수에서 행간을 좀
더 유심히 더듬어보게 된다.

'어머니'는 자식의 여성 부모이다. '엄마'라고도 한다. "내 어
무니"와 "우리 어무니"는 방언이면서 단수와 복수의 개념 차이
로 쓰였다. 어감은 "내"보다는 역시 복수의 의미인 "우리"가 더
좋게 느껴진다. 예전과는 달리 요즘에 와서는 아들보다 딸을
선호하는 시대가 되었다. 어무니와 딸! "그래도/ 〈우리〉가 좋
다/ 울 어무니 울 엄마". 뇌고 되뇌어 봐도 정감이 솟는 말이다.

  어디들 있다가
  이렇게 한꺼번에

  기다렸다는 듯이
  여기저기서 불쑥불쑥

  좋구나
  달라지는구나
  내 눈이 내 생각이
  ─「기억 풍년」전문

이 작품에서 유연한 상상력과 시적 은유의 묘미를 맛보게 된

98

다. 박 시인은 야무지게 터를 닦아 적어도 자연발생적 인습적 감상 배설의 푸념이나 넋두리의 경지를 벗어나 시적 알맹이를 만지는 그 경지에 접근했음을 작품으로써 말해주고 있다.

단시조의 기본틀인 3장의 형태에서 초장과 중장은 구별로 배행하고, 종장만은 3행으로 배행하는 기사방식을 취하고 있음을 본다. 요즘 많은 시조시인들이 선호하는 시조의 분행 수법이다. 종장의 첫 음보에 방점을 두어 마치 제시어처럼 앞세우고 있는 것이다. 어쩌면 형식의 지루함을 덜어주는 일이기도 할 테지만, 실은 작품의 의미 강조와 이미지, 운율을 감안한 구성 방식으로 파악된다.

시조만이 지니고 있는 형식적인 멋과 내재적인 맛을 무엇에 비유할 수 있으랴.

"시의 최초 첫 행은 신神이 쓰고, 2행부터는 시인이 쓴다"라고 지적한 폴 발레리(1871~1945)의 말이 생각난다. 시는 그만큼 혼불을 밝히는 정신으로 써야 된다는 뜻일 게다.

이 시조는 삶의 절정을 향하는 깨달음의 시라고 할 수 있으니, 인생론적 사유가 시적으로 승화되고 있는 형국이라고 볼 수 있다.

4. 사물과의 대화를 통한 새로운 시 세계

박 시인의 작품에 나타나는 두드러지는 현상은, 사물과의 대화를 통해 새로운 시 세계를 열어가고 있는 점이다. 사람이든 무생물이든 구어체의 대화 형식으로 시상을 전개하는 특성이 있다. 대화 속에 삶의 철학이 함유되어 있고, 대화 속에 교훈적 메시지가 내재해 있음을 발견한다. 이는 박 시인만의 독특한 개성적 시법으로 함축과 은유, 생략과 비약 등의 수사를 거느리면서 상당히 흥미를 유발하는 힘이 있다.

우리는 어쩌시구요
바로 옆에 있는 우리

저 책들 책상 의자
화분 시계 식탁 침대 등

그래요
실컷 외로워하세요
우리 기다릴게요
ㅡ「외로우시다니요」 전문

본래 인간의 그리움과 갈증은 퍼부어도 퍼부어도 끝이 없고 무량할 수밖에 없다. 대부분의 서정시가 상실 혹은 결핍에서 비롯된다고 할 때 이 시조 역시 그리움과 갈증이 시적으로 변용되었다고 할 것이다.

구어체로 일상을 반영한 이 시조에서도 세계적인 시인 워즈워스가 "인위적 비자연적인 형식을 배제하고 일상적인 소재와 일상적 용어로 이루어진 구어체가 인생 체험의 실질적 표현으로 적합하다"라고 한 말이 상기된다.

모든 글은 세 토막이 상호 균형을 이루며 배분되어야 한다고 했는데, 이는 운문인 시조에도 역시 마땅한 학설이라고 여겨진다.

우리의 삶은 사람과의 인연 이외에도 여러 가지 사물들과도 관계를 맺으며 살아가기 마련이다. 그런데 박 시인은 이런 생활 주변의 사물들을 예사롭게 여기지 않고 하나하나 소중한 인연으로 생각하며 많은 대화를 시도하면서 새로운 시 세계를 열어간다. 감정이입 수법의 대화체가 자연스러우면서도 서로의 정감이 스며 있어 가슴 뭉클한 울림을 준다. 언뜻 쉽게 읽히는 듯하지만 이는 시상을 포착하여 창조의 공정을 거친 산물이며 상식을 초월한 발상의 전환에서 오는 귀한 작품이라고 짐작된다.

괜찮겠다 싶어서
메모해 넣어 놨거든

꽤 많구나 어디 보자
이놈 저놈 살피는데

애들이
저요 저요 손을 든다
미안 미안 내가 아직
  -「메모 상자」 전문

작품엔 자기의 목소리가 있고 자기 스타일이 있다. 독특한
개성이 있다는 말이다. 시조의 세계는 이렇게 언어에 의해 창
조되는 공간이기 때문에 하나의 새로운 세계를 탄생시키기 위
해서는 말을 어떻게 표현하느냐가 중요한 일이다.

일상적인 소재에 긍정적이면서도 새로운 의미를 부여하는
기량을 보이고 있다. 글을 쓰는 사람들은 주로 메모하기를 좋
아한다. 관찰력을 기르면서 메모하는 습관은 문장력 향상에 큰
도움이 되기 때문이다.

그 이미지가 은유의 생명체로 움직이는 형국이다. 거기에 구
어체, 대화체로 시종 운율감을 증대시킨다. 감정이입 수법으로

시적 대상의 속성을 파고드는 탐색의 밀도가 높을 뿐만 아니라
표현 또한 현재법으로 더욱 실감을 준다.

흙만 있는 빈 화분을
왜 이리 모셔 놨을까

온갖 정성 다해서
그 꽃을 피워 냈던

어쩌면
꼭 지금의 나 같기도
좀 두고 보는 거지
　　　-「빈 화분」 전문

　사물을 대하는 개성적 안목이 있고 소재를 다루는 솜씨도
범상치 않다. 소재를 취택하여 시조성과 현대성을 이만큼 살려
내기란 쉽지 않은 일이다. 사유의 깊이가 시적 승화를 이루고
있다.
　존재 내면의 특성을 투시하고 있는 경지다. 예리한 직관적
통찰로 함축적 의미를 발현하고 있어 시인의 정신적 깊이를 짐
작게 한다.

세상의 따스한 순간을 놓치지 않은 시인의 예리한 시안詩眼이 빛을 발하고 있다. 박 시인은 주로 일상에서 느끼고 직감하는 대상물에 대하여, 관조하고 감정이입하여 묘사한 작품들이 대부분이다. 뿐만 아니라, 절제된 형식의 율격을 갖추면서 시적 깊이와 넓이를 성취하려는 의도를 보이고 있으며, 긍정의 시정신으로 현대적 서정을 구현하려고 애쓰고 있음도 알 수가 있다.

　　인간을 낳으신 자연은
　　어디서 뭘 하고 계실까

　　지금의 이 우리를
　　어찌 보고 계실까

　　분명히
　　좀 더 생각해 볼걸
　　후회하고 계시지 않을까
　　 -「자연은」 전문

　자연은 인간의 스승이라는 말이 떠오른다. 우주 만물을 창조하신 조물주의 신통력이야말로 우리가 어떻게 감히 가늠이나 할 수 있겠는가. 조물주 앞에서 우리 인간은 한없이 작은 존재다. 시인은 자연에서 세상을 바라보고 인생을 발견하며, 새로운 깨달음으로 참신한 이미지를 창출하고 있다.

시는 이렇게 상상의 산물로 의미의 재창조, 현실의 재창조를 이룬다. 그러기에 시를 문학이요 예술이라고 일컫는 것이다.

초장에서 "인간을 낳으신 자연은/ 어디서 뭘 하고 계실까"라며 설의법으로 시상을 열고 있다. 중장에서는 "지금의 이 우리를/ 어찌 보고 계실까", 역시 설의법 표현으로 강조의 의미를 더하고 있다. 행간의 여백에 많은 뜻을 숨겨놓고 있음도 인지할 수 있다. 흔히 인간의 욕망은 끝이 없다고 말한다. 오늘날 자연은 인간의 욕망에 의해 본래의 모습을 잃고 많은 상처를 받고 있는 게 현실이다. 인간의 욕망이 끝이 없으니 "분명히/ 좀 더 생각해 볼걸/ 후회하고 계시지 않을까"이다. 자연을 사랑하는 시인으로서는 염려되는 바가 클 수밖에 없다. 자연현상의 이치에 순응하고자 하는 긍정적 삶의 자세가 내재되어 있다고 보인다. 박 시인의 여러 작품들에서 자연에 육화되어 있는 시적 어조가 한결같음을 인지할 수 있다.

추적추적 추적추적

가슴속 깊이까지

이런 일 저런 일
희로애락 다 있었지

그렇지
다 부려 놓고
정중히 깃을 여미고
　－「가을비」 전문

　군더더기 없이 잘 다듬어진 산뜻한 단시조가 그야말로 일출
처럼 환하다. 시에 쓰이는 언어를 흔히 메타언어라고 지칭하며
시어는 언어를 초월한다고 말하기도 한다. 그만큼 시의 언어는
함축성, 암시성, 다의성을 지니며 상징적이고 본질적인 감동을
표현하는 수단이 되기 때문이다. 묵히고 삭혀 발효시킨 시상이
'가을비'로 탄생하고 있는 것이다. 시는 이렇게 어떤 대상에 특
수한 의미를 부여함으로써 새로운 의미를 발견하고 또 예술로
승화시키기도 한다. 이렇듯 대상에 대한 새로운 인식은 언제나
우리 시인들의 필수적 자세라고 생각한다.
　화자의 시적 대상을 대하는 눈길이 부드럽고 사랑스럽다.
'가을비'에 얽힌 지나간 사연들이 오버랩되고 있는 형국이다.
　특히 종장에선 "그렇지/ 다 부려 놓고/ 정중히 깃을 여미고"
라고 했다. 사실 시조의 종장은 작품 전체의 결론에 해당한다

고나 할까, 초·중장과는 전혀 다른 특성을 지닌 대단히 중요한 부분이다. 이 작품에서처럼 초·중장을 이어받아 일시에 전환을 꾀하여 특유의 율격으로 마무리하는 완결의 미를 갖추어야 한다. 이렇게 종장에서의 전환과 비약의 특수한 미학적 장치가 결국 시조로서의 성패를 좌우한다고 해도 과언이 아니다.

이상으로 박종대 시인의 제13시조집『아흔 이후 Ⅲ』를 중심으로 작품 경향과 시 세계를 살펴보았다. 한결같이 삶의 통찰이 번뜩이는 작품들에서 원숙한 삶의 철학과 농익은 깨우침의 메시지를 읽을 수 있었으며, 사물과의 대화로 열어가는 새로운 시 세계를 만날 수 있었다. 아울러 일상적인 소재에서 생生의 귀한 이치를 깨닫고서 시종始終 관조적인 시상을 안정감 있게 마무리하고 있는 점은 우리 후배 시인들이 본받아야 할 품격이라고 여겨진다. 시조는 남루한 마음밭에 꽃을 심고 가꾸는 예술적 장르라고 했던가. 오늘도 박 시인은 오로지 아름다운 심성으로 시조다운 시조를 쓰고 계신다.

모쪼록 더욱 건강하시어 건필을 이어가시길 간절히 기원하며 축복의 나날 되시길 비는 바이다.